La bataille de l'ombre

Une histoire écrite par
Estelle Vendrame

et illustrée par
Marion Arbona

À tous les jeunes guerriers et guerrières de l'ombre
qui aimeraient jouer sans souci. À Hélène, qui a vécu
cette histoire en partie. À mon père.

Estelle

Cheval masqué
Au galop

Catalogage avant publication de Bibliothèque et Archives nationales du Québec
et Bibliothèque et Archives Canada

Vendrame, Estelle, 1981-

La bataille de l'ombre

(Cheval masqué. Au galop)

Pour enfants de 6 ans et plus.

ISBN 978-2-89579-638-1

I. Arbona, Marion, 1982-   II. Titre.   III. Collection: Cheval masqué. Au galop.

PS8643.A688B37 2015   jC843'.6   C2014-941500-1
PS9643.A688B37 2015

Dépôt légal – Bibliothèque et Archives nationales du Québec, 2015
Bibliothèque et Archives Canada, 2015

Direction éditoriale: Thomas Campbell, Gilda Routy
Révision: Sophie Sainte-Marie
Mise en pages: Janou-Ève LeGuerrier

© Bayard Canada Livres inc. 2015

Nous reconnaissons l'aide financière du gouvernement du Canada
par l'entremise du Fonds du livre du Canada (FLC) pour des activités
de développement de notre entreprise.

Conseil des Arts   **Canada Council**
du Canada   **for the Arts**

Bayard Canada Livres inc. remercie le Conseil des Arts du Canada du soutien
accordé à son programme d'édition dans le cadre du Programme des subventions
globales aux éditeurs.

Cet ouvrage a été publié avec le soutien de la SODEC. Gouvernement du Québec –
Programme de crédit d'impôt pour l'édition de livres – Gestion SODEC.

Bayard Canada Livres
4475, rue Frontenac, Montréal (Québec) H2H 2S2
Téléphone: 514 844-2111 ou 1 866 844-2111
edition@bayardcanada.com
bayardlivres.ca

Imprimé au Canada

Offert en version numérique
numérique   978-2-89579-950-4
bayardlivres.ca

CHAPITRE 1

La déclaration de guerre

Je suis un guerrier, un véritable général, avec une armée de médecins et d'infirmières. Mes parents sont mes conseillers stratégiques. En guise d'armes, j'ai des aiguilles et des médicaments qu'on lance comme des bombes sur l'ennemi.

Il y a quelques mois, le docteur Denis a déclaré la guerre en m'annonçant :

— Liam, tu devras te battre contre un ennemi implacable et sournois. Il te suivra partout et il n'attendra qu'une faiblesse de ta part pour t'anéantir.

Bien sûr, ce ne sont pas les mots qu'il a utilisés, mais c'est ce que j'en ai retenu. J'ai ainsi appris que j'avais une terrible maladie à combattre.

Au quartier général, que j'appelle mon «QG», je prends des décisions. Je peux y préparer les attaques et faire le bilan des batailles.

Mon QG, c'est ma chambre à l'hôpital pour enfants. J'y rencontre d'autres guerriers menant le même combat que moi. Nous aimons beaucoup nous retrouver pour nous amuser avec nos jeux vidéo préférés. Cela nous permet de penser à autre chose pendant que nous recevons nos traitements.

Une fois, une infirmière m'a proposé :

— Si tu es d'accord, Liam, je peux aller dans ta classe et expliquer ta maladie à tes amis. Je pourrais aussi les prévenir que tes médicaments auront des effets secondaires.

— Non, merci. Les élèves ne comprendront pas, à l'exception d'Emmy. Elle n'est pas moqueuse comme les autres. En plus, c'est ma voisine, alors elle peut m'apporter mes devoirs quand je ne peux pas suivre les cours.

L'infirmière a eu beau insister, je ne dirai rien à l'école. C'est ma «bataille de l'ombre». J'ai décidé de la mener en secret.

Seules Emmy et mon enseignante, madame Élaine, sont au courant. Je n'avais pas le choix de les mettre dans la confidence, car je dois souvent manquer l'école pour me rendre au QG et recevoir mon traitement.

C'est une arme chimique qui détruit les cellules ennemies dans mon corps. Cela a aussi d'autres effets: je ne peux plus faire autant d'activités et j'ai perdu mes cheveux.

Comme je refuse que mes amis le découvrent, je cache les «dégâts». J'ai donc, en guise d'armure, une casquette, avec des cheveux qui dépassent et qui ressemblent à ceux que j'avais avant. Pour l'instant, mon secret est bien gardé.

Depuis quelque temps, par contre, il se passe des choses bizarres dans ma classe. J'ai bien peur d'avoir une autre bataille à mener.

CHAPITRE 2

Une cible facile

Mes ennuis commencent quand le docteur Denis informe mon enseignante que je ne peux plus participer aux cours d'éducation physique. Je dois m'asseoir sur le banc pendant que les autres s'amusent à courir.

— Hé! Liam! m'interpelle Kolia. Pourquoi ne viens-tu pas t'entraîner avec nous?

Comme je n'ai pas l'habitude de mentir, je deviens blanc, puis rouge. Je bafouille:

— Je me suis foulé la cheville en tombant de mon vélo.

Au moment où je prononce ces mots, je me sens complètement idiot. Nous sommes en plein mois de janvier et il y a vingt centimètres de neige dehors. Où aurais-je fait du vélo? Mes amis me regardent d'un air bizarre. Heureusement, ils doivent partir et n'ont pas le temps de me poser plus de questions.

Quelques jours plus tard, je ne peux plus sortir pendant les récréations. Les médicaments que je prends sont trop forts pour que je puisse m'exposer au soleil. Je lis dans la classe pendant que mes amis font les fous dehors. Je ne peux plus jouer avec eux et je commence à être exclu des discussions.

Je tente de me justifier:

— Vous savez, avec ma foulure, ce n'est pas très prudent que je marche sur la glace…

Cette fois, ça y est: je passe pour une vraie grand-mère! Si ça continue, ils vont m'apporter de la tisane à l'heure du lunch. Ou pire, une canne.

Pour finir, le docteur Denis pose une dernière condition afin que je puisse rester à l'école: je dois absolument m'éloigner de tous les microbes. En effet, je n'ai presque plus de globules blancs, sortes de soldats chargés de me défendre contre d'autres maladies.

Selon les rhumes de mes amis, mon enseignante me déplace dans la classe. Si Axel a le nez qui coule, je m'assois à côté d'Anthony.

Si celui-ci a mal à la gorge, je m'installe près d'Emmy.

— Pourquoi changes-tu de place aussi souvent? me demande Axel.

Comment expliquer cela? Personne ne me croira.

Je réponds pourtant:

— Eh bien, comme j'ai déjà mal à la cheville, je ne voudrais pas avoir un rhume en plus...

Du statut de grand-mère, je vais passer à celui de roi des mauviettes. Axel ne dit rien, mais je vois bien que tout le monde commence à s'interroger.

Il y a d'abord des murmures, puis de drôles de regards et des rires étouffés.

Au début, je n'y prête pas attention, puis je m'aperçois que trois élèves m'observent souvent en rigolant. Il s'agit d'Anthony et de ses amis. Ils sont très moqueurs. Personne n'ose les contredire ni ne veut se faire remarquer d'eux. Malheureusement, je deviens leur cible et je comprends que j'ai deux guerres à mener: ma bataille de l'ombre et celle de l'école.

CHAPITRE 3

L'attaque

Au cours d'éducation physique, Anthony lance la première offensive. Il passe devant moi et dit à voix basse:

— Alors, mauviette, tu as encore mal à la cheville?

Il se met à rire avec ses deux amis, puis il envoie le ballon de soccer dans ma direction. Comme mon réflexe est de l'éviter, il ajoute:

— T'as peur d'un p'tit ballon, Chouchou?

Il se sent tellement fier de sa trouvaille qu'il n'arrête plus de m'appeler par ce surnom: Chouchou par-ci, Chouchou par-là. Et moi qui craignais de me faire traiter de grand-mère! Tant pis s'il me prend pour une mauviette!

J'ai appris qu'un bon général ne s'occupe que des combats les plus importants.

Je décide de garder mes forces pour ma bataille de l'ombre et de ne pas répondre aux provocations d'Anthony. Mais c'est mal le connaître. Ignorer ses attaques l'incite à poursuivre son offensive.

Chaque jour, cela devient de plus en plus difficile. Les autres élèves n'osent plus me parler, de peur qu'Anthony s'attaque à eux. Pire, certains commencent aussi à m'appeler Chouchou.

Un jour où je dois rester à la maison, Emmy sonne à ma porte après l'école. Je m'empresse de lui ouvrir.

— Ça alors! Je ne pensais pas que tu viendrais.

— Pourquoi?

— Eh bien… à cause d'Anthony.

— Si tu crois qu'il me fait peur! répond-elle en riant.

Emmy est la fille la plus petite que je connaisse. Elle porte des couettes même si ce n'est pas à la mode, et pourtant personne ne l'embête.

— Aujourd'hui, à la récréation, Anthony a affirmé que tu es le chouchou de madame Élaine, ajoute Emmy. Il a raconté que, pour te récompenser de nous espionner, elle t'accorde plein de faveurs, comme de pouvoir manger des bonbons.

Indigné, je m'exclame :

— C'est n'importe quoi ! Ce sont mes médicaments !

— Oui, je le sais et je n'ai pas trahi ton secret. Les autres pensent vraiment que ce sont des sucreries. J'ai pris ta défense, précise-t-elle d'un ton sérieux.

— Comment a réagi Anthony ?

— Il n'a rien répondu quand je lui ai dit que la plus petite de l'école le mettrait K.-O. Pour le prouver, je lui ai parlé de ma ceinture noire de karaté.

J'ai du mal à imaginer la scène : le grand Anthony par terre et la minuscule Emmy en kimono à côté !

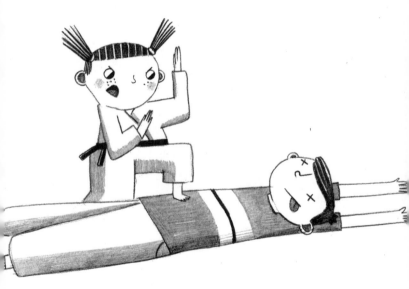

— Tu vas vraiment faire ça?

— Bien sûr que non! réplique-t-elle, espiègle. Tout le monde est resté aussi surpris que toi par ma réaction.

Je comprends maintenant pourquoi personne n'ennuie Emmy. Elle n'hésite pas à dire ce qu'elle pense.

— Crois-tu, ajoute-t-elle avant de partir, qu'Anthony est jaloux de l'attention que te prête madame Élaine? Cela ne règle pas le problème, car ses amis et lui ont un plan. Ils n'arrêtent pas de rire et ils ont prévenu tout le monde que, demain, on saura à quoi s'en tenir au sujet du chouchou.

Et dire que le pire, à mes yeux, était de recevoir une canne ou une tasse de tisane! Quel mauvais coup peut bien préparer Anthony?

CHAPITRE 4

Le duel

Cette nuit-là, je ne dors pas bien. Dans mes rêves, Anthony se transforme en un gros microbe qui essaie de m'attraper.

— Liam, tu n'as pas l'air très en forme. Préfères-tu rester à la maison aujourd'hui? me demande ma mère au petit-déjeuner.

Je remarque sa mine anxieuse, alors, pour ne pas l'inquiéter, je réponds:

— Ce n'est rien, j'ai un examen ce matin…

D'habitude, j'ai hâte d'aller à l'école, car cela me change les idées. Mais, ce jour-là, je n'en ai plus du tout envie.

En entrant dans la classe, Anthony me regarde avec un grand sourire. Il porte une casquette. Normalement, on doit toujours l'enlever à l'intérieur, mais madame Élaine fait une exception pour moi. Elle sait que cela protège ma tête sans cheveux et me permet de garder mon secret. Elle m'a promis de ne le dire à personne.

Anthony s'assoit à sa place avec sa casquette orange fluo. Je comprends que son plan est pire que tous ceux que j'ai pu imaginer. J'entends :

— Anthony, je te rappelle que l'on ne porte pas de casquette en classe. Va l'accrocher au portemanteau, s'il te plaît.

— Pourquoi Liam peut-il garder la sienne ? répond-il d'un air faussement innocent.

Madame Élaine hésite un moment. Je crains qu'elle ne dévoile mon secret. En jetant un regard vers moi, elle ajoute d'une voix ferme :

— C'est pour qu'il n'attrape pas froid ! Maintenant, la discussion est finie.

Quelle excuse ! C'est plus mauvais que mon histoire de foulure. Je n'ai pas le temps de m'en inquiéter, car tout dérape.

Anthony se dirige vers le portemanteau pour y ranger sa casquette. Au moment où il passe à côté de moi, il allonge le bras et, d'un geste rapide, il arrache la mienne. Anthony tient ma casquette, à laquelle sont accrochés de faux cheveux.

Étonnés, tous les élèves me regardent. Je n'ai jamais eu aussi honte de toute ma vie. Plus personne ne bouge. Le temps semble figé jusqu'au moment où Emmy se lève, prend la casquette et me la tend. Je l'attrape et sors précipitamment de la classe pour ne pas entendre les rires.

CHAPITRE 5

La défaite

Je voudrais courir et me réfugier dans ma chambre au QG. Hélas, le directeur me rattrape et me met une main sur l'épaule, puis il m'emmène à son bureau. Il me demande ce qui se passe. Je n'ai pas envie de lui parler, alors il appelle ma mère. Je l'informe de la situation et je conclus, les larmes aux yeux:

— C'est fini, je n'irai plus à l'école tant que je serai malade!

Tout le monde connaît mon secret maintenant. Je ne peux plus être le général de la bataille de l'ombre. Je suis sûr que, si je reviens en classe, on se moquera de moi.

À la maison, je m'enferme dans ma chambre. Je ne veux voir personne, pas même Emmy qui vient chaque jour chez moi. Je n'ai plus envie de me battre et de guérir.

Mon ennemi attendait ce moment pour m'attaquer, car je deviens de plus en plus malade.

Au premier combat, je ne bouge pas. Je me laisse faire sans réagir. Résultat: mes défenses sont affaiblies, et l'ennemi trouve des brèches pour s'engouffrer dans mon corps.

— Mon chéri, m'annoncent mes parents un matin, tu vas devoir aller quelque temps à l'hôpital.

Mes conseillers stratégiques proposent un repli au QG. Je voudrais capituler, mais mon armée se mobilise.

Les infirmières et les médecins tentent d'abattre l'ennemi avec des bombes chimiques de plus en plus fortes. Ils se battent pour moi, qui n'arrive même plus à me tenir debout. Je n'ai plus de courage. Je n'ai plus envie de faire des plans pour gagner cette bataille.

Mon médecin étale mes résultats d'examen sur la table, comme une carte des territoires perdus au combat.

Emmy et mon enseignante prennent régulièrement de mes nouvelles, mais je ne veux toujours voir personne.

Aujourd'hui, le médecin entre dans ma chambre en annonçant:

— J'ai un message pour toi.

— Ah! dis-je d'un ton peu intéressé.

— Une fille très petite avec des couettes et de grands yeux bruns m'a remis une enveloppe.

Emmy a trouvé un moyen pour parvenir jusqu'à moi, mais je n'aurais jamais pensé que ce serait de cette façon!

CHAPITRE 6

Les couettes de l'espoir

Le médecin me tend l'enveloppe. Curieux, je la prends en croyant que c'est une lettre. Quelle n'est pas ma surprise d'y trouver… deux couettes attachées par un ruban! Emmy m'a envoyé ses cheveux!

Par la porte entrouverte, je découvre une petite tête avec des cheveux courts.

— Emmy!

— Enfin, je peux te voir! répond-elle.

— Qu'as-tu fait de tes cheveux?

— Eh bien, c'est simple, je les ai coupés pour quelqu'un de très important pour moi, explique-t-elle avec un clin d'œil.

Je m'apprête à lui demander pour qui, quand je comprends qu'il s'agit de moi. Je veux la remercier ou lui dire combien cela me touche, mais aucun mot ne sort de ma bouche. Je prends donc sa main et je la serre dans la mienne.

— Ferme les yeux, ajoute-t-elle. J'ai autre chose pour toi.

Quand elle me dit de les ouvrir, j'ai la plus grosse surprise de ma vie. Anthony est là, et sa tête est aussi lisse qu'un caillou.

— Alors, Chouchou, tu ne me trouves pas beau ?

Il me tape sur l'épaule et il poursuit:

— Je suis désolé de ce qui s'est passé. Je n'avais pas imaginé un instant que tu puisses être malade. Ce doit être terrible, surtout si des idiots comme moi se moquent de toi. J'étais jaloux de l'attention que madame Élaine et Emmy te prêtaient. Maintenant, elle s'occupera plus de moi avec la tête que j'ai, dit-il en lui souriant.

— Bien sûr, ajoute Emmy. Mais ce sera surtout pour m'assurer que cela ne repoussera pas avant le retour de Liam.

En imaginant la petite Emmy sur la pointe des pieds, en train de raser les cheveux d'Anthony, nous avons tous les trois un fou rire.

CHAPITRE 7

Ma victoire

Je redeviens un guerrier de dix ans. Je reste quelque temps au QG pour reprendre des forces. Chaque jour, un ami vient me voir. Ma bataille peut recommencer.

Un matin, le docteur Denis m'annonce:

— Liam, tu es en train de gagner ton combat. Tu peux rentrer chez toi et retourner à l'école. Nous allons arrêter certains médicaments, et tes cheveux repousseront.

Je me sens un peu inquiet en pensant au retard scolaire que je pourrais avoir. Emmy m'a heureusement tenu informé des cours.

Cette peur n'est pourtant rien par rapport à celle que je ressens en entrant dans ma classe, sans ma casquette, le crâne lisse. Les applaudissements qui saluent mon arrivée me rassurent.

Axel s'avance vers moi et il me tend un cadeau en disant:

— Nous t'avons préparé un petit quelque chose pour t'empêcher d'avoir des coups de soleil.

Intrigué, je le déballe et découvre une casquette blanche portant la signature de chacun des élèves de la classe.

J'ai un pincement au cœur. Ce serait un bon moment pour faire un discours, mais un seul mot franchit mes lèvres:

— Merci!

À la récréation, Anthony me parle de son nouveau projet:

— Cela m'a beaucoup marqué d'aller te voir à l'hôpital. J'aimerais bien y retourner pour rencontrer tes autres amis et jouer avec eux aux jeux vidéo.

— Super! C'est une idée géniale. Moi aussi, j'ai envie de les revoir.

***

Quelques semaines plus tard, mes cheveux et ceux d'Antony ont recommencé à pousser. On les mesure régulièrement, en riant, afin de savoir lesquels poussent le plus rapidement. Malgré tout, à chaque récréation, je porte fièrement ma nouvelle casquette.

Le jour où Emmy réussit à se faire deux minuscules couettes, j'apprends que j'ai enfin gagné ma bataille de l'ombre.

Une fois par semaine, je retourne au QG avec Anthony et quelques amis.

J'ai gardé précieusement les deux couettes d'Emmy qui m'ont donné le courage nécessaire pour vaincre l'ennemi.

Les souvenirs du sable

Marie-Andrée Arsenault
ill. **Leanne Franson**

De retour aux Îles-de-la-Madeleine, Alma découvre avec émotion des souvenirs de son passé. Des images faites de rires et de jeux avant que son papa disparaisse en mer. Tante Fabie et oncle Harry sauront-ils l'aider à retrouver le sourire ?

La cabane dans l'arbre

Danielle Charland
ill. **Jessica Lindsay**

Marco a toujours détesté l'école. Il préfère s'isoler en forêt où il a construit une cabane dans un chêne. En classe, il a du mal à se concentrer, et son humeur est changeante. Souvent drôle, il est parfois agressif. Marco vivrait-il une situation difficile ?